时间的秘密

罗雅琴 —— 著

陕西新华出版
太白文艺出版社 · 西安

图书在版编目（CIP）数据

时间的秘密 / 罗雅琴著. -- 西安 ： 太白文艺出版
社，2025. 3. -- ISBN 978-7-5513-2960-6

Ⅰ．I227

中国国家版本馆CIP数据核字第2025SV7564号

时间的秘密
SHIJIAN DE MIMI

作　　者	罗雅琴
策　　划	泥流文化传媒
责任编辑	张　笛
封面设计	薄荷糖
版式设计	建明文化
出版发行	太白文艺出版社
经　　销	新华书店
印　　刷	三河市华东印刷有限公司
开　　本	880mm×1230mm　1/32
字　　数	65千字
印　　张	5.25
版　　次	2025年3月第1版
印　　次	2025年3月第1次印刷
书　　号	ISBN 978-7-5513-2960-6
定　　价	49.80元

目录 contents

第一辑
等待春天

与雨同行 / 003

听 歌 / 005

山 岗 / 006

宝石光 / 008

等待春天 / 010

静时光 / 012

看 山 / 013

草原上与一头牛相遇 / 014

风 / 015

草 原 / 016

天　瀑　/　017

骆　驼　/　018

空　/　019

封　印　/　021

思　维　/　023

喀赞其　/　024

渡　/　025

万马奔腾　/　026

准　备　/　027

黎　明　/　028

梅　雨　/　029

愿　景　/　031

一剑封喉　/　033

复　活　/　034

落　笔　/　035

芦　笛　/　036

初心如磐　/　038

隐　忍　/　040

一万朵云　/　041

荷花池边　/　043

人间骑手　/　044

第二辑 与自己握手

背　影 / 047

墓　碑 / 048

羊　群 / 049

炊　烟 / 050

风　中 / 051

失　眠 / 052

腊　肉 / 054

安　家 / 055

下了一半的雪 / 056

小　雪 / 057

身　体 / 058

回　家 / 059

诗歌课 / 060

小酒馆 / 061

长　沙 / 062

同　窗 / 063

枫香树 / 064

岳麓山 / 065

踱步湘江 / 066

十月十日 / 067

午　夜 / 068

关于写诗 / 069

担 子 / 072

啄 开 / 073

爬 / 074

唇齿间 / 075

桂 花 / 077

日记本 / 078

即 景 / 079

一个人 / 080

图书馆 / 081

与自己握手 / 082

空瓶子 / 084

十 岁 / 085

在后半夜醒来 / 086

尊 严 / 087

手术室 / 088

手术平车 / 089

第三辑 一起去看海

这个夏天的一个下午 / 093

月亮经过窗户 / 094

月亮与桂树 / 095

春雪打在伞上 / 096

飞翔的袜子 / 097

银杏庄园 / 099

暗 夜 / 101

如果给你写信 / 102

夜 奔 / 103

和你一起去看海 / 104

暴风雪 / 105

今 晚 / 106

一列火车 / 107

梦 见 / 108

日 记 / 109

吊脚楼 / 110

秘 密 / 111

情 话 / 112

今 夜 / 113

结 局 / 114

潮 涌 / 115

体 温 / 116

我的心 / 118

指 缝 / 120

第四辑

时间的秘密

涅　槃 / 123

秋 / 125

裂　变 / 126

春　天 / 127

冬日帖 / 128

雪 / 129

落　日 / 131

鸟　巢 / 132

白　露 / 134

中秋夜 / 135

春　分 / 136

惊　蛰 / 137

硝　烟 / 138

灯　笼 / 139

迭　瀑 / 140

小　年 / 141

大　寒 / 142

味　道 / 143

小　寒 / 144

新　年 / 145

冬　至 / 146

立　秋 / 147

夏　至　／　149

立　夏　／　151

春　分　／　152

酣　睡　／　153

夜　归　／　154

女神节　／　155

第一辑

等待春天

与雨同行

雨从北边赶来
头顶的云层突然被凿空
漏光令人无处躲藏
衣裙赤裸着立在风中

从荒漠里注入大海要抢夺先机
蜥蜴们光着脚奔过滚烫的沙子
我寻找一处洞穴躲避人生
像羚羊穿过丛林，找寻一片嫩叶

雪山的水汽磅礴有力
它像围场一样困住天体
一条鱼从口中吐出的船只
半生沉浮，半生盈余

在暴风雨抵达之前
我攀附在一株植物上，活着
朴素而谦卑
深扎泥土，逆光生长

雨水的包浆

让土层迎来了春天

植被、农具和尘埃都恢复了高光

我的岁月，在雨的摩挲中

徐徐展开翅膀

听　歌

没有雨水，37摄氏度的戈壁泛着青灰
一只黄羊从红柳丛跃起
它扭过头，用白色的小尾巴诱惑我
主人与客人互致的见面礼
让戈壁滩上的石头，开口讲传奇

沙漠漆、泥石与硅化木
它们穿过天体找寻有缘人
陨石的爱情，被磁铁吸得粉碎

没有一颗石头朝我发光
我笨拙的人间已过滤了好几层
一块略带羞涩的石头绊了我一跤
石猴腾空而起
戈壁滩上，管弦乐响起

山　岗

穿过淡青色的草原，山，近了
剥开一层又一层绿
雪峰，裸露出最耀眼的白

山的身体被新修的柏油路打开
它隆起的腹部
诉说着亿万年地壳的秘密

骆驼和牛羊卷着青草
它们平静的眼神让我想起
没有动物时，镜头前空洞的风景

一头牛犊用一只眼睛看我
另一只眼睛，护着
母亲饱胀的乳头

一只雄鹰盘旋在高空
另一只在草地上嬉闹
它们完全忽略，那只踮起脚朝我打招呼的土拨鼠

一株草穿过牛羊的身体拥抱另一株草

开车的人心思在路上

坐车人的心思，被那只张开翅膀的雄鹰，驮过山岗

宝石光

跨越几百公里的戈壁、沙滩、雅丹地貌

这些灵魂用第六只眼睛，等我

豪赌上亿年的青春

选择一个适宜的时机

嵌入我的瞳孔

迎着太阳，散发春天的光

融化身边的雪，吸引

土层折射的爱情

它用两只眼睛，抱我

像恐龙伸出的触角

被人拥抱的感觉，像极

深渊坠入深渊

我俯下身，与每一块石头握手

体味它的真诚与忠贞

把心一层一层地剥开

让阳光均匀地抚摸脊背

抚摸电路板的心律

用一块宝石的光辉

围住防风固沙的芦苇帘

围住光洁、细腻的梦想

从石灰岩至雅丹地貌

从邻省至邻国

英雄们华山论剑

戈壁滩上空无一人

两只灰玛瑙般的眼睛

也无法洞穿，历史的机密

等待春天

草原的春天，来得隐秘
是风，把这个消息提前透露给我

它从三千公里外的河西走廊
捎回了桃花的醉

又从三百公里外的托克逊
带来了杏花的香

它使母羊昨夜绽放的柔情
温暖了整个冬季

在戈壁滩上邂逅两只羔羊
路过雪天，却没有搭讪

整个下午，我坐在马鞍前
吟唱诗人岑参的"忽如一夜春风来"

倾听每一朵行走的云
如何将雪花淬炼成星星

春天一寸一寸逼近

土地的乡愁，唤醒了布谷鸟的歌声

谁，也无法阻挡前进的光阴

它们在草原上驰骋，像脱缰的马群

草籽揉了揉惺忪的眼睛

一个蓬勃的春天，正从太阳的火山口喷涌

静时光

一切都是安静的
那么多雪呵护着林木
那么多花静静盛开并凋零
在一朵六边形的闪烁中
我听到多足虫爬过天空的声音

河在安静中听飞溅的马蹄声
树在安静中等久别的飞鸟
我坐在一条冷风吹过的长椅上
等一艘船驶回母港

雪峰，在深夜里悸动
一颗松果刚润入我的喉咙
炉火清扫出的小路
折射出一瓣肌肉，一瓣骨骼
一根空着的肋骨

看 山

一定要去看山
看它的巍峨、庄重、铮铮作响的铁骨
看它头顶上的蓝天、胸怀中的溪流、脚底下的牛羊
看它对阳光的赞叹、对月光的青睐、对生命的悲悯

走进山里，你的灵魂是安详的
身体是敞亮的
你每一寸有思维的肌肤都包含着柔软

你会关注一只甲壳虫的旅行
一株含羞草的谢礼
一棵云杉种下的绵绵针雨

一头牛犊来不及吮吸乳汁浇灌出的草原
一位牧羊姑娘发辫上逗留着蝴蝶
两只跳鼠站起来看夕阳的背影

这一切都是最好的安排
当一场雪落尽了人间的繁华
阳光敲了敲山的影子

草原上与一头牛相遇

它那样胆怯地、谨小慎微地看我
嘴巴咀嚼着干草
眼睛若无其事地扫描之后
又将目光慢慢收拢

我也用同样的方式回敬它
用柔软的自带光亮的皮毛
纯净的带着神性的眼睛

我们隔着一米远的距离
互相打量、猜忌，不敢袒露胸怀
却又彼此关注，抚慰，惺惺相惜

在一头牛的眼睛里
我读到了一株草的尊严与卑微
一片森林的给予，束缚，放手

在这丰硕的草原上借读
那些种着的草，开着的花，咀嚼着的人生
纷纷长出猎鹰的翅膀

风

从窗户里边看风
它是如此浪漫，优雅，若隐若现
它让事物保持着最原始的身形
让思维展开无穷尽的想象

零距离接触它时
它是一口烈酒，能一剑封喉
继而让脸颊变成固形的玻尿酸

我看到它在雪后的公路上行走
如同行走的蛇形诗
每一步都镶着灵魂

我解开一粒纽扣
让它钻进来
让我有雾霾的心
微微透口气

草 原

将柔软的心铺平

取下挂在毡房的羊角

与一只鹰对视，告诉它，我飞翔的心藏着羽毛

起伏的沙漠渗入克孜加尔湖

马鞭抽打过的土地上

蹄声解不了窖藏的酒

看蜥蜴恋爱、蚱蜢生崽

想身披斗篷的公主背负江山而行

我的人世间只有烟火、你

是我终生不可复制的美丽

借一碗烈酒祭奠天地

今夜，古尔图的胡杨林

轻轻地掠过一峰双峰驼的侧影

天　瀑

以螺旋的方式前行
在崖壁与岩石之间
山阻挡住视线
每一个隘口的阳光都很敞亮

一寸路镶嵌着一寸虔诚
在海拔3400米的哈希勒根隧道
每一位筑路人
都为母亲的腹部缝合手术点亮灯光

水载着马和牛的愿望
用和田玉青色的籽料奔腾
山前横断的龙口
被镇守庙宇的将军捉拿

一些水文储备的爱情
在奎屯、乌苏、克拉玛依安家
依连哈比尔尕山的泄洪处
天瀑
从天而降

骆　驼

尽管哈希勒根隧道的雪墙
没有雪，只有墙
从28摄氏度降至3摄氏度的气温
还是让我的内心充满自卑

野蘑菇与野薄荷
像极两位与我久别的情人
她们半遮罗纱，旗袍荡漾
幸好一个生着炭火的炉子
握住了我的心

水汽从河谷中升起
山瞬间燃起烟色
草儿羞涩的青春
在割草机面前
一览无余

雄鹰把一只土拨鼠的眼睛
当作调制解调器
我在蒙古包前
拐走一峰失恋的骆驼

空

始终找不到一个时间
祭奠南飞的雁
阳光把梧桐叶向后挪了两寸
我的脊柱在正午
错放了影子

前方的冰草茂如发丝
后方的路散发地壳的魅力
风把我逼停在
依连哈比尔尕山山脚
进退两难

一些文字像放牧的羊群
它们有时候很风骚
我常常经不住鬼魅的诱惑
四目相对时
却无处安放魂灵

马头琴声从毡房里传出
我正在给一匹黑骏马钉马掌

那个空着的马槽

盛着我

空着的心

封　印

花毯　流云　雪山
马和牛在河谷中踱步
牛奶从阿妈指尖流出
草原瞬间长出婴儿肥

我的目光被一只黑蜂吸引
金光菊和松果菊吵得不可开交
蜜蜂的安抚胜过无人机
我在蒙古包前等待
喀什河由东向西流入眼底

一些岩画、圣泉和古墓的主人
他们和班超一起
倚着古疏勒国的旧城墙走来
阿尔斯郎山的围猎场上
一只马鹿被骁勇善骑的贵族瞄准

平定准噶尔勒铭的格登山碑
离我有两百多公里

我的心中装着阿吾拉勒山北坡的唐布拉

野花、溪水、云杉，都不足以将我挽留

一枚"印章"，封住了我

思　维

秋后戈壁滩的草色
迎来了第二春
一番枯黄之后绿色繁盛
它让我不得不想起
往后的青春

地壳里挤出的山体
在一滴水的蓝眼睛里
裸露出
分娩的婴孩

一些晚熟的花儿站在峭壁上
它们的日子缓慢而殷实
万物被山的子宫包裹
岩羊、雄鹰和无人机
都能读懂

风景们都行走在路上
不在乎起点与终点
走是一个充盈的过程
人们开始惯用　雏鹰的思维

喀赞其

这是我见过最美的庭院
水从门前流过　花从院墙探出
砖雕将巴哈尔的眸子翻出海
门敞开着等人拥入

镂空的花墙　廊檐的彩画
热腾腾的日子
映在热依汗长长的睫毛

响铃的马儿优雅
起降坪着陆的鸽子潇洒
云朵把根固定在松树上
山体的私密处
绿填充裸露的乳沟

深山里的海市蜃楼
在一汪湖水中品鉴人心
艾得莱丝绸从蔚蓝走向蔚蓝
喀赞其离海洋很远
离心很近

渡

让一座座山一道道梁发言
琼库什台的山梁会讲话
它们在雨幕中静卧
似少女裸露的背

一抹黄勾勒的风韵
让河谷腾起烟色
情人泪从松林间漫出
灵魂在浮躁中落脚

温润　博大　包容
如坤街的人间
一枚带字的钥匙扣留住心
地道贤生　厚载万物
渡否　不渡

万马奔腾

油菜花与紫苏撞色
时光与乌孙古道重叠
人在油彩上作画
蹄印在锦缎上疗伤

嫩黄与深绿铺就的田野
在一条巨大的河移过来之前
麦粒养足月份
在黑土地上待产

蜜蜂隐藏在花丛的爱情
被汗腾格里峰瞧见
细君公主一袭红装
除了青铜、红陶和汗血宝马
什么也没有留下

叼羊让男人具有野性
姑娘们举着皮鞭寻找爱情
特克斯河一个优美的回笔
你架着猎鹰走来
草原上万马奔腾

准　备

再过几天就是诗人节了
我没有一首像样的作品
祭奠自己
汨罗江的水被我翻了无数遍
却找不到一个词语
描述我此刻的表情

屈原与伍子胥们
在线装的书中走来走去
他们好似得了焦虑症
始终担心忠贞
会失血

其实他们不必如此担忧
已经走了两千多年的忠贞
已经被钉在骨渣子上
为了一个信念的衍生
我们必须做好
骨头拧出水的准备

黎　明

芒种

南方的梅子开始煮酒

英雄们从口唇间渗出

时光雕刻金身

铅字铸就灵魂

北方的麦子们被夜催熟

它们是仗剑的侠客

麦芒霸气外漏

一簇饱满的谷粒

引起了鸟雀的嫉妒

还被风私下谈论

云朵从田野上碾过

带着轰隆隆的脚步声

莘莘学子在芒种的前夜赶路

他们在路上

续写黎明

梅　雨

爬脚下的天梯
绿使我的眼睛弹出张力
青山在嗅觉上蹿
山坳里驻扎着情怀

蒙古包的穹顶盘活了图腾
它是一只鹰的翅膀
一匹马的四蹄
一杆旗帜的主心骨

牧民把毡包翻了个新
他们等远方的旅人
婚礼都已礼毕
谁是今夜烛光添就的新郎

一些草活着
一些草关闭了思念的长廊
雨水冲击的沟壑依然绿着
它们是新生血管，靠信念支撑

戈壁滩的春天已终结

除了这两头年幼的牛犊

我还没来得及

想念梅雨

愿　景

蓝莹莹的水托举出戈壁的爱情
蛟龙举荐的城市
在一只大鹏鸟的翅尖落户
土地翻花　胡杨绽暖

第一朵棉见证的北疆
绽放在一位军垦战士的胸口
嫁给我吧　美丽的棉花
祥云降落的土地开始分泌乳汁
喂养人间烟火

八千湘妹子来了
上海的知识青年也来了
沙海老兵用鞋底辅佐的江山
与狼牙山五壮士幸存的容颜
镌刻铮铮铁骨

揉开阿吾斯奇黄花般的眼睛
一汪湖的兄弟亲吻久别的母亲
边关策马扬鞭的汉子是雕像

他的脊背上驮着毡房

梦里守护安宁

所有的人间都要跨越历史　拥抱当下　展望未来

这座共和国最年轻的城市

正站在丝绸之路经济带核心城市群中

一个冉冉升起的愿景

从千年胡杨树的根部

吐出新绿

一剑封喉

四月的树林
风抽干空气的最后一点水分
植物的叶子裸露着
一些卑微的物种藏在背阴处
它们的灵魂湿漉漉的

海棠树嫩着
砖红色的芽苞衬着砖红色的树干
虫卵们在榆叶上偷活
小兽们在腐枝下暴动

蒲公英占了野苜蓿的巢
阳光偷袭了小树林
一棵杏树勾勒出玄幻小说

我想复述苹果树下的故事
刚一开口
被一只小鸟，一剑封喉

复　活

午后，阳光打开了缺口
车厢外弥漫着草籽的温度
一列火车爬过戈壁
爬过懵懵懂懂的春季

薄膜包裹着葡萄藤的秀色
土地按捺不住的绿
安置着祖先们的阳光雨露

未融化的雪给丘陵分出山色
戈壁滩的胸怀
被木拉提家散落的羊群
描绘出沟壑

一些隐藏的红、墨绿以及黑
从侏罗纪的血液中复苏

蛰伏了整个冬季的草儿
在一只羊的口唇下
开始复活

落 笔

我走在少年的城
天色已接近剧尾
雪花在空中演奏《野蜂飞舞》
松枝们站立的姿势
要挑破这静谧的夜空

阳光遗留的水汽
被灯笼与霓虹灯掩埋
西伯利亚的冷风阻挡着肉体
报春鸟和牛羊的买卖
再一次落空

雨在空中盘旋着不忍降下
我走在年轻于我两岁的城
写一个春天的预言
于辛丑年元宵节前夜
落笔

芦　笛

风起得很早
它让门前的那棵大树失了语
树的高音区被鸟儿们抢夺
它们的音色带着纯正的伦敦腔
好似有人用外来词解读自己的母语

我出门的时候天空还蘸着墨
星星总是守候在黎明的上半身
下半身有不解风情的路灯
还有急匆匆经过路灯的影子

大雪一片片从天空中剥落
红尘像几颗零星的烟火
北方的立春写满谎言
当我热烈地拥抱三月时
你的怀抱还没有焐暖

一位天使在除夕的前夜进了门
她带来了玫瑰　百合　满天星，以及雏菊的体香
大雪封冻的长椅念叨着

一些很少提及却无法忘怀的人的名字

这个瑞雪覆盖的冬日

急匆匆吹响春天的芦笛

初心如磐

晨起　无霾
雾锁住房屋、建筑和林木
交通工具的冲击波
不足以让太阳醒来
前方的白锁住了前程

雾凇让树枝略显丰满
墙角的茉莉花种蜷缩着
它在等春色
等天空的最后一片雪花
飞蛾扑火

建国门内大街传来喜鹊喳喳声
冬季瞬间泛起春色
初长成的闺女待字闺中
我要准备一份怎样的聘礼
寄给你

辛丑年即将逢上春
一百年不长也不短

我站在一棵树的年轮后

读你的眼神

初心如磐

隐　忍

整个下午，我都在观察这几只小鸟
它们叽叽喳喳地从这棵树上跳下来
又跳到另外一棵树上去
好像不是为了捉虫，而是为了引起我的注意

一只鸟儿撇下一根树枝
另一只鸟儿又赶紧将它衔起
小心翼翼的表情，像极了恋爱中天秤座的男孩

它们也会为一只爬行不利索的肥虫起争论
一只鸟儿带着古埃及的匪气
一只鸟儿裹着古巴比伦的面纱
还有一只鸟儿播放古印度的捕蛇曲
这只虫子就在我的脚下
我的身后没有带"古"字

处理一只虫子需要智慧，不能有伤亡，不能有战争
为此，我的祖先已在星球辽回五千年
如何躲过今夜的暴风雨
那是我们学习隐忍的秘密

一万朵云

爬上那座很久才抵达的山岗
一万朵云围住了我
它们叽喳着讨论一只鸟的来历
也讨论这片土层穿过历史的动作

水汽在风的作用下，让虚幻触碰到食指
一颗漂泊时诚惶诚恐的心
在踏上故土的片刻，被浇筑出实心

一万朵云像男人的胸怀一样摊开
它们排成队列站在头顶
我的内心笃定着乾坤
风起云涌也改变不了初心

云朵过滤的水滴
被一株草、一棵植物的根茎引流
它们选准了方向
坚持下去，走自己挑选的道路

一片水汽在成为一朵云之前

是团模糊的背影

一朵云成为一万朵云之前

达成了内心与世界的共鸣

一万朵云朝我涌过来

一位魔法师打开了宝盒

像风一样流畅

大自然，给了我最美的馈赠

荷花池边

荷已失半壁江山
游人童心未泯
阳光扫过荷叶
像鸟儿越过起伏的海岸线

柳梢上的蜻蜓
复眼还未发挥功效
摄影师将对面的美人
由嫩粉推向深绿

蜘蛛抛出的饵线
将一只飞虫引诱上钩
爱情有时候是如临深渊
不管你做不做飞蛾的梦

风碰了碰莲蓬
蜜蜂吞了口花蜜
老榆树向前挪动着身子
那朵荷花，偷偷量了量我的影子

人间骑手

这些机器们身披日月，跋涉千里
终于抵达一座年轻的城
骆驼刺、芨芨草以及黄羊、野猪的家园后
它们被安插进，半截土墙深嵌的地窝子

机器们健硕的骨骼散发着油光
轰鸣声越过移动的沙梁
漫灌进狐狸与野狼的家

身着绿装的机器跨过戈壁
沙土们沸腾起来
土层的洪流，不亚于角马群穿过马拉河

十年，二十年，五十年
莘湖梁有了发电厂，猛进有了秦剧团
戈壁滩上的机器们都闪着光

如今，它们陈列着，从未衰老
用机器的眼睛、头颅、心脏
在这座小城里咬着牙活
做一位人间的骑手，校对历史

第二辑

与自己握手

背　影

为了赶上这趟火车
我提着行李在前面跑
父亲跟在后面，脚步和他的年龄一样苍老

因两分钟错失列车
父亲的脸上有些沮丧
"爸爸，不要着急，咱们坐下一趟吧。"我安慰道

买好食物后在人群中找寻父亲
做了白内障手术的他居然在看列车换乘表
蒙着纱布的眼睛，看得认真仔细

我走上前去，拉着父亲的手，陪他一起看
这是一双温暖而绵柔的大手，我已多年不牵
如今再一次相握，我俩却置换了角色

阳光从候车室的顶端包围了父亲
我抢了一束阳光，紧紧拥在怀中
所谓父与子的缘分
一定是，他会用目光包住我的背影
而我，总是来不及与他相拥

墓　碑

拔掉刚长出的茅草，又培了些新土
奶奶的屋子就暖和了，不用穿厚厚的棉袄

阳光总是在乌云里捉迷藏
背阴处的房子，亲人们用目光点灯

终有一天，我会用蚂蚁的触角触碰你
用时光刻录，独一无二的你和独一无二的自己

没有一缕清香能留在人间
几行刻在石碑上的方块字，供出你我的秘密

羊　群

羊群从戈壁滩上漫过来
之所以用"漫"
是因为它们比戈壁浩荡
比云朵绚烂

它们慢吞吞地往雪峰的肚脐摸
小心翼翼，再小心翼翼
生怕一个唐突的吻
惊醒草尖上的梁山伯与祝英台

清晨，它们披着霞光出操
傍晚，它们又挽着夕阳归来
以至于初次站岗的启明星
竟露出羞怯怯的表情

我在初春的傍晚往家赶
一只跪着吃奶的羊羔
延长了我　回家的路程

炊 烟

走了一天的风
终于在天黑前驻足
母亲往灶膛里塞了几根柴火
日子，把锅底抹红

黄狗与花猫在灶前等
它们大声地提醒
母亲眼里没有它俩，只有晚归的孩子

月亮推着树影敲门
星星不眨眼
炊烟飘出的饵线
垂着金子般的童年

风　中

老人坐在院墙边
被抽干了水分
连那只跳来跳去的麻雀
也打消不了他做一截干木头的决心

风让老人的头发站起来，又坐下
老人已无力控制这新式的舞蹈
就像他无法控制八十岁的身体里绽放的桃花

老人对家里的黄狗说："老伙计，我身体不行了，
得给你找户人家。"
黄狗用湿漉漉的舌头舔他
不舔，这种味道就会长脚

老人把自己挂在柿子树上
这样儿女们回来就能看到
儿女们从远方赶来
风中的院墙连连倒塌

失 眠

凌晨两点钟
木板们开始相互拆台
它们叽叽喳喳地争吵
一块木屑变成老板桌的神话
花孔雀如何谄媚
恋爱中的青蛙如何自以为是

加入讨论的还有油画
几位贵妇人用挑剔的眼光
评审屋子以及屋子里的物件
哪个部位更吸引眼球
哪一盆花可以兑换利益

天哪，工作了一天，你们到底累不累
我忍不住大声呵斥

桌椅们于是在袖筒中交易
像在菜市场上买卖一只活羊
确认过眼神后双手交叠于肚脐
裙边上找不到一丝褶痕

看到如此美妙的场景
我的耳朵开始不听话
舌头开始失去味觉
视线开始变得模糊

丁零零——闹铃响了
唉，我又错失了一次宇宙

腊　肉

挂在檐下的腊肉
让人想起不惑之年的人
温暖　有嚼劲

粗犷　绵柔　肥瘦相间
岁月犁出的沟壑
被生活腌出晶体

一生遇到的坎坷
像花椒
在舌尖上激荡狂野

沥干水分后
它们被嵌进墙体
连同一株芦苇的根茎
复述一间屋子的秘密

安　家

迎接北方的第一滴雨
像迎接祖先们
在土层里行走的过程

湿漉漉的草皮下
爷爷奶奶以及伯父们
排着次序安家

父亲的房子空着
可怜的父亲
已与故乡失散多年

父亲牵着我
穿过乌鞘岭，跨过祁连山
顶着羊皮筏子的脊梁蹒跚前行

父亲牵着下了凡的云朵和下了凡的我
我们的脚印叠加着
冒出草原

下了一半的雪

雪刚开始下
草已经往家跑
那团蠕动的棉团似乎跑得更欢
没有人指路
它们一溜烟翻过山梁

冷月把山坡上的毡房叫醒
红松的骨节，将茶壶折磨得气若游丝
爷爷说，黑母羊今天产羔了
学校免除了学杂费
教我如何坚守下半辈子的营生

下了一半的雪
在天空中
打了个激灵

小 雪

天黑了，急匆匆往家赶
衣服锁不住雪
一些风从羽绒的缝隙里偷渡
扣子被风甩出很远
昨夜蝙蝠又凿开了天眼

母亲坐在背风处，等我
蚂蚁们和蟋蟀们都搬走了
它们把家安在石头后
母亲坐在旁边
天黑了，她想钻进去
挤着暖和，家太大，不想回去

街灯亮了
灯之外的银滩上
那些有胶片的岁月
母亲和我光着脚踩日子

身　体

想象空着的原野
还不具备犁铧翻阅的模样
那些历史盛不下的古罗马钱币
这一生走得很艰辛
尽管有过片刻的战栗

一些暗物质穿透光
在银河中起伏
在发丝缠绵阳光之前起舞
泥土的根须
一次次扼紧泥土

一生，都学不会直立行走
当青苔爬上珠穆朗玛峰的额头
摆脱不了的魔咒
如同年月日中的玉蜀黍
在黑夜生长

回　家

告别了一座城的宏大
我开始不再那么结巴
光棍们从四面八方赶来
拖着两条铁轨，回家

嘴里说不出的酸楚
用心来填补空缺
天空中没有雨水
飞机在云上翻晒大江

来的时候你用水分子抱我
走的时候你让眼睛变成大海

阳光把江雾调制成奶茶
那颗鸟落下的红棘果
站在原地说，向北　再向北

远处的戈壁敞开了胸襟
我的辽阔从一场薄雪开始
风遒劲地　揽我入怀

诗歌课

热辣辣的目光
被一盏昏暗的灯点燃

我给自己找个位置
在两把椅子和单人床之间

诗歌课在进行，在温暖
等待的人，词是生活
句是通往远方的表情

岸边的信号，是一群人
谈论长江支流，叫不上名字的
艄公，谈论黄土地上一根
将要没入沙壤的
松针

小酒馆

几杯白酒
你眼中的戈壁
绿色渐逝
沙梁　骏马　骆驼刺
被噎在喉咙

杯中的桂花
香味比发髻浓烈
吊脚楼细品码头
我品沾湿你眼角的酒

从岸上饮到船上
论屈原也论贾谊
在小酒馆里暂坐
香水放弃了嗅觉

长 沙

长沙从汉唐走来

从胖的陶器、酽的黑茶

金桂、银桂、丹桂的沉香

一卷诗词透出的儒雅

走来

从一对情侣的人间烟火

一所学校的清水塘

一座城池的凤凰涅槃

一颗种子燎出的星星之火

走来

从麓山文曲星的坐相

屈原、贾谊的站相

四羊方尊、人面纹方鼎的故乡

走来

湘江北上、火神庙煨暖枫树

长沙的霜降今夜还未赶来

它已被半部中国近代史所替代

同　窗

岳麓山折服我
用红枫
火辣的性格
烙在同窗身上

十次国际马拉松
将她的双腿百炼成钢
像湖南人
扛危难的脊梁

枫香树

我知道自己不擅长爬山
那棵枫香树
无论怎样努力
都穿不透花岗岩

坐在爱晚亭前等
枫香树都活了一百年
你的影子是流动的金丝
沉下去又浮上来

岳麓山

一个人走岳麓山

略显孤独

这是一场体力的考验

是内心深处

一部小小的长篇

踱步湘江

驮着橘子洲的湘江
鳜鱼比江枫要红
垂钓者的鱼钩上
激荡着三条河流

一艘航母的魂
用长发激扬
亿万条鱼的命运
在江水中理出脉络

水的风云
被七亿年前的冰碛岩留住
揽一缕江风入怀
我拜了拜
岳麓山的文殊

十月十日

寒沿着镜框涌来
来不及成行
像那些错失的风景
以及枫红杏黄

西伯利亚的冷风
捎回雁归的愿望
我夹在肥硕的种子里
躲过夜霜

乔迁的机翼
令天空无法展开想象
十月十日是个有盈余的日子
我给自己放了假
约桂花酒中的吴刚

午 夜

午夜
刚打开一本书
楼下传来争吵声

男声在高音区且语无伦次
女声偶尔争论且嘤嘤啜泣

我的心开始发抖
这是我的弱点

一个粗蛮的声音大吼
"滚"——
空气安静了

我的心
被戳了个洞

关于写诗

一

有人问我
为什么写诗
为了打发寂寞的时光
为了让长毛的身体重新发出嫩芽

为了让儿女们记住
其实
他们都记不住
因为
女人进不了祠堂

二

大师们写诗
都不分段落
分行便是诗
我猜想，大概因为纸贵

我写诗

居然还在分段

诗们

像出土的文物

三

以前读诗

都订纸刊阅读

因取快递麻烦而弃订

现在读诗

都在朋友圈里读

挑拣一些简短的读

不咀嚼便吞咽

诗读得消化不良

这个世界太简短

历史

被

拧成碎片

四

关于投稿
我还略带羞涩
怕十月怀胎的女儿
相貌太丑

怕袖筒里的秘密
被一只羊
识破

担　子

突然而至的雨
遮挡住银河
星星们被风吹乱
城市的灯光拔了头筹

超市的巧克力
被男士们席卷
每一颗可可果的背后
都有一个故事梗概

通往银河的列车
前一夜座位便被订满
织女与牛郎之间
缺一张火车票

不去渡劫的人
在餐桌上乞巧果
两百克白酒下肚
牛郎的担子
愈发沉重

啄　开

绿开始占领草原

一寸一寸地濡染

焦黄的土层下面藏着沙

那些被风盘得发亮的石子儿

躲过我无处安放的胸怀

绿点燃了村落城郭

一些自命不凡的土地

在干渴中受孕

大堤掩埋在虚土之下

等一只工蚁

完成交割

我想江南

你想北方的沙

穿过喙

啄开我广袤的内心

爬

月亮是真的
思念也是真的
月亮从窗外爬进来
思念从心里爬出

初春的田野下了雪
我把雪花捂在冬麦下
桃树梨树都卸掉了花瓣
你的眼神刚刚打量过
那棵树的枝芽

唇齿间

在一片没有色彩的白里
找寻你
从阿尔泰山　天山　昆仑山
骑着马沿塔里木盆地　准噶尔盆地边缘
越过中生代地层的褶皱和断裂层
找寻两千年后的一束光

侏罗纪厚层的砾砂岩和烧变岩阻挡着
它们在张骞和班超的马道上设伏
在细君公主和解忧公主的府邸摆鸿门宴
乌孙古国的牛羊满圈
哪一位牧人
是我的刀马旦

我看到针叶林和阔叶林守护的爱情
白肩雕和雪鸡们把阳光啄碎
沾着刺的锦鸡具有大将风范
你手里捧着天上飘下来的云朵
告诉我
雪覆盖的白桦林很暖

这个冬天我不出门

阳光捂着我的毡房

奶茶在火炉上唱歌

牛群像发芽的灌木挤满山坡

你站在我的身边

将世界抿在唇齿间

桂　花

桂花的味道
是女人
十八岁的妙龄所散发

让人
嗅了
便刻骨铭心

我酿了一生的桂花酒
今夜租个店铺
充当器皿

日记本

日记本
承载着前半生的光景
分格线抖落出
倒长的岁月

如今
墨迹淡了
人群从空格线上隐身
只剩下青春遗落的留白

即 景

进银行时，男人略带羞涩
胡须上沾着霜
失去原色的羊皮大衣下
皮质的绑腿，有些扎眼

女人掩鼻子挪了挪身子
闪光的貂皮用毛锋
主动画出隔离线

办完业务，女人闪去
香水浸过的纸巾，却留在地上
男人一边数被煤染黑的钞票
一边弯腰去捡那片香气

柜员机看着这一幕
无辜的眼神似在拷问
我和身边的我们
怎样区分，生命的卑尊

一个人

一个人揣着日头翻山梁
走西口跟在后面
再后面是母亲做的千层底鞋

一个人用炸药、采煤机往山的心里戳
煤老板告诉他：挖山，就得往深处挖

大山终于忍不住疼痛
轰然倒塌

于是，一只千层底鞋被注销了户籍
另一只被剪去了舌头
煤老板睡觉不敢关灯
一关灯，就有一万张嘴咬他

图书馆

一个解放肉身的地方
流淌着语言，交错着历史
深浅不一的铅字渗着墨香

有流动的天体，行走的宇宙
咆哮的激流，隐忍的山脉
在卷宗里找了一辈子答案
更多的思想却拥堵在路上

一间瓦房之大，大不过一副敞开的喉咙
人们拥有知识，却又一无所获
只有等待黎明悄悄醒来
给密闭的心微微透点光

与自己握手

始终保持两条铁轨
跳跃在大山的心脏
奔跑在麦田的港湾

光阴的世界里
你审视我，如同审视一件艺术品
丝毫看不出复制的痕迹

你眼中存放着人鱼姑娘的歌声
拇指姑娘的唇印
王子捡到水晶鞋的秘密

更多的时候
你吞下黑夜的忧伤
吐出阳光的金缕玉衣

不敢轻易说出，爱你
爱是一个有重量的词
太过轻易地表达，会遭到人世间的惩罚

我把想跟你说的话

搬到城市之外

让它们像庄稼一样立起来

过了今夜

我将捡回母亲初次看我的表情

在一碗长寿面的谢礼中

学会与自己握手

学会与世界公平竞争

空瓶子

酒后徒步回家，意外
捡到一个敏感的话题
让心与心续杯

男人说，夜色光滑如你的肌肤
女人说，远处的楼群被点亮
绝不仅因为星星的光

男人说，日子像窖藏的酒，有酱香也有浓香
女人说，清香更好，更加回味悠长
腹中，未消化的兽肉似在翻腾

男人说，送你一束玫瑰花吧
女人说，我只留一个空瓶，存放记忆
此时，有雪花顺着路灯落下
倒扣的空瓶里，似有无数条鱼逆流而上

十　岁

幻想自己停留在十岁
仰起粉红的小脸数太阳
将身体挂在父亲身上，充当一只树懒

给揪自己辫子的男孩子一拳
把喜欢的明星贴纸剪贴进日记
在镜子里观察今天与昨天不一样的骨骼

找一个支点起跑
蓄谋一场灰雀的爱情
向更遥远的草场投放日光

一切都在加法里活着
简单，明亮，纯净

如今，岁月开始倒长
多想减掉一个十岁，再减掉一个
直到潜藏于世界的心摊平

找一个可以冬眠的日子
喝一碗雄黄酒，让镇妖塔里的白素贞脱身

在后半夜醒来

午夜已过花甲
身体们仍然醒着
愉悦从脚趾往上爬
攀爬的还有一张多年未见的脸

影子们扶着我去看海，身体也跟着
肉眼到不了的地方，灵魂抢先抵达
它扛着我的躯体在世上行走
没有桎梏，身体们身轻如燕

一匹红色的小马驮着我
我们在戈壁里流浪
在城市中寻找遗失的童年
做一个裸体的雪人

蜃楼就在远方
那里传来阵阵浪涛声
我将一枝旧霜花交予一朵新云
远处传来，涨潮的声音

尊　严

在医院排队领药
眼大肤白的姑娘排在我前面
她突然退后了一步，胳膊肘与我的留置针亲密接触

"哎呀！"我尖叫了一声
针头没有掉，前额却渗出了冷汗

"是你的拉链碰到了我"
无故躺枪的，是那半截袖子上飘着的装饰布条

"放心吧，姑娘，我不会讹你的
我的胳膊也有尊严"
一根弯曲的针，扎向人心

手术室

打开这扇门，是一片天地
合上这扇门，是另一个世界

一排排没有温度的床
载着有温度的生命体

手术室里的空气是凝固的
除了机械和工作术语打破僵局

病人被消过毒的绿围单裹着进来
仓皇落下一些组织
又被绿围单接走

人的生命，大抵如这片树叶
被人翻过来，又翻过去

手术平车

车轮从走廊尽头碾过来
我竖起耳朵仔细听
生怕哪辆车会接错哪个人

我的病房在通往手术室的电梯口
它使我在整个病程里都显得焦虑

手术平车有时载着年轻人
有时候又载着老者
车上的人怕麻烦，都不讲话
只有婴儿除外，他还不知道这世间的苦寒

来来往往的车轮声轮番值守
我高悬着的神经也未敢午休
但有一件事是小确幸
我，从没被它载过

第三辑
一起去看海

这个夏天的一个下午

"看那些土地，嬗变得多迅速"
红色机器尾翼上旋转的犁铧
将麦垄快速染为黧黑色
土层终于完成了从少女到少妇的转变

玉米们并不焦灼
她们优雅的举止令旷野宁静
一些即将熟透的番茄在阳光下补色
她们怀揣着小女孩的梦想

掉了漆的拖拉机在为水泵当引擎
他不在乎烈日与狂风
能给相隔三米的爱人送一口水　这
是一个男人能践行的诺言

远山和近土都值得敬仰
这个夏天的一个下午
那位树荫下劈柴的大叔
刚刚把日子，装车

月亮经过窗户

燕子低飞，口衔月色
它掠过窗外的沙枣林，沙枣们集体涌动
浓香，飘向云霄

月光抖落的银纱
呼应着另一只赶潮的小鸟，黑夜开始蠕动
它按捺不住这夜色香甜

几只鸣虫躲进草丛
风将它的音符弹为D调，继而又降为B调
每一组金属的碰撞，击中内心的琴键

雨从空中落下
又被尘土抛向高空
被垫起的人生，在霓虹灯下浮游

是时候卸下面具了
灯光将人阻挡在红尘之外
那只捣药的玉兔，已经在桂花树下徘徊很久

月亮与桂树

话还没有说完，月光就下来了
它停在了半空中，看着我们

你说，去散步吧
黑夜越过你的发丝，拉了个满弓

再吟首诗，会更好
脚步，比笔尖更富有诗意

吟着吟着
泪花，从你的眼角溢出

从昨天到今天，多像一生
一枝丹桂击中了我，而我未喊出它的名字

春雪打在伞上

春雪打在伞上
像你轻轻按响门铃

我像疯丫头一样扑进雪幕
等你打开不再趔趄的门

汽车来的时候都很淡定
它们常常隐藏着真实的内心

孩子们踢着雪球
他们的欢畅与春天无关

有人从屋檐下走过
错过了与冰姑娘的初吻

等天空卸下所有的委屈
我的爱，开始备耕

一切对于春天的思念
都不及一场春雪，离别得猛烈

飞翔的袜子

你那样温柔地看我
胜过母亲、妻子、女儿以及情人的眼神
包裹我最末端的神经
铺开我，整片海域的盐

你为我体肤的每一寸疆土把脉
一滴血射向靶心的速度
一汪泉注入海洋的激情
都在你的目光里紧握乡土

黎明时，你陪我驰骋疆场
仗剑走天涯
红尘像笋干一样被时光晾晒
每一个夜晚，你舔舐我内心的皲裂
面对海一样的胸怀
我也曾有过男人的劣根
嫌弃你的容颜，无视你发丝的余香
在一棵新长出的柳树面前剥光自己

直到人世间的瞳孔握住最后一缕光

你依然在还原我一生的胶片

在你的时光隧道里飞翔

亲爱的，能否拽住我

让我与你的影子重合

银杏庄园

这些李子树沉默着
它沉默得让我
无法靠近
我找了一千个理由沟通
像沟通存款、基金以及保险

透过庄园篱笆偷偷地瞄
花骨朵们繁盛地晾晒春天
藤蔓裹不住的春色
在阳光下
裸聊

几排红砖砌成的平房
把阳光挂在墙上
简陋　局促　沧桑如你
我知道有你的地方
有冬暖夏凉

野鹧鸪的啼叫
存放在藤条缠绕的长廊

榆叶梅的体香

被蜜蜂勾兑出

百媚千娇

我的前世长在一朵桃花上

当草儿长成麦地

麦地酿出酒花

我悬在半空中的灵魂

被银杏庄园

接住

暗　夜

更阑人静，孤独在黑夜里出生
它打开一本书最朴实的内心
让一只昆虫展开隐形的翅膀

它沿着山的腰脊往前行
越过一棵树，一个屋顶，一片森林
一条河，一片草原，以及仙女遗落在人间的湖畔

它让一匹马，一群骆驼，一片浓雾打开绿色的焦灼
被无人机惊扰了梦境的牧羊犬
朝天狂吠，却无从下口

暗夜里想一个人
像想一颗夜幕上的星星
星星动了动口唇
夜色，锦缎般云涌

如果给你写信

多少年已不再写信
甚至忘了信中你的样子

总想把照片里站在你旁边的人
抠掉，嵌入站在远处的自己

想起你时，信笺就会纷纷扬扬
思念到最后，抵不过一张纸

我不写汽车的匆忙、火车的忧伤
只想在火苗中相互取暖，翻晒身子

没有海誓山盟，也无千山万水
我只要活在一个人的影子里

夜 奔

月光刚刚穿过银桂
它将弥久的香气挂上你的发梢
空气温润而绵柔
你的体香刚刚氤氲进我的味蕾

与你相遇
是一朵花从生发至凋零的过程
脚下的路很短
却足足让我行走了一生

相望时，你的眼神闪着宝石的光
岁月将你搁浅在湖中央
我拼尽全力朝你游
怎奈敌不过湖底的暗涌

一条河朝我涌来
我手里握着哪吒的混天绫
浪花们冲上了热搜
它们，远不及我，来得狂野

和你一起去看海

向海的心脏挺进
穿过风，穿过鱼的智齿
穿过水分子拧干的盐粒

和你一起去看海
在座头鲸的身体里呼吸
让眼睛在涌动的水中交叠

和你一起去看海
看一颗心的容量
能否盛得下风暴的中央

我沿着海豚柔软的额前行
拔光鳍上倒长的刺
将脸贴近一颗珍珠的内心

和你一起去看海
海的波涛里没有海角
我找一艘无舵的船
用我俩的余生，刻下天涯

暴风雪

风吹落山顶上放牧的羊群
雪花像浴巾一样裹紧我
它娇嗔的模样
压制住森林里多余的热量

在一座山与一片树林之间
没有蹄印的阻隔
我们各自安守着白桦林的春天
像边境线上站立的楚河汉界

说好了一起去看喀纳斯的大雪
我们在冰雪下裸泳
用水晶雕琢口唇
从不掩饰两只帝企鹅互诉衷肠

今夜，松林与松林重叠
草甸与草甸燃烧
我的汗血宝马驮着笨重的嫁妆
我站在荒野里
借着酒力，喊来一场暴风雪

今　晚

今晚下雪了
我想去看你
远方缀满黑色的星星
你的笑容略带些诡异

看你，不是为了讲话
是去告别透明的自己
有些话，带着棱角
刺刀，专挑人的软肋

老师们今天不讲诗
他们让我感觉房间如此辽阔
没有人检验一颗舍利的真伪
在文字里取暖，我揣着六个瓣的雪花

我要读完特德·休斯的《生日信札》
那些人间的齿轮
不该成为
你我不相见的理由

一列火车

我多么希望这列火车停下
卸一百克，再卸一百克
直到灵魂变得轻盈
承得住人间的一口仙气

可是它却没有
走着，好似已经死了
它带走了我的一生
只留下一只没有瞳孔的眼睛

以前，它总在我回家的必经之路上
第一个来迎我
带着冬夜里
泥巴糊的小火炉

如今炉火已无法燃烧
我们也无法用骨头交换
它在铁轨一侧安静地注视我
我相信，它是有灵魂的

梦　见

落雪的夜里，梦见
梦见你时，黑夜不用点灯
星星们刚刚下凡
你的唇边留着彗星的蓝焰

刮风的夜里，梦见
可以看尽桃花的美
所有的山川都握不住
你跃动的胸口

赏月的夜里，梦见
唐釉的瓷器
在水里，梦见
眼泪和江水都看不见

一条鱼堵住了黎明
嘈杂，焦虑
一万条鱼从眼中跃起
梦，醒了

日 记

黄昏的时候
你还没有赶来
挨着山的那个院落空着
雪刚覆盖住一只鸟的足迹
秋天比白云干净

我和阳光交换一些农事
棉花脱掉内衣
雏菊填充记忆
苍耳胆怯地挽留住碎花裙

我把夕阳上那片最小的时光留着
连同这个村庄的沧桑
母亲眼角的汗滴
都留给你

在月光升起来之前
我努力抱了抱影子
写下
今天的日记

吊脚楼

今夜　我去抢你
做我的压寨夫人
屯兵五千
驻扎在十里开外

将士们身披铠甲　戴着傩面具
木质的弩　涂满鹤顶红
有人胆敢阻拦
定让他有来无回

备好竹篾顶花轿
杉树做梯
翻过九百座山
蹚过八百条河

梅山雨像针脚
缝了整宿
赶了一夜的山路
却没敢攀上
你的吊脚楼

秘　密

如何让你来看我
看看这通透的山川
广袤中隐含着广袤
洁白中藏匿着洁白

风飕飕掠过准噶尔盆地边缘
扎尔玛图的水被流放人间
乌拉山以南的雪很厚
双峰驼的眼睛里柔情满满

亿万年前形成的沙质地层
吐出鱼类、贝类的骨骼
水蚀的河谷槽壁
贴着牧羊阿妈的眼神

今夜你来
我打开毡房，像打开自己的身体
水流在河谷中讲话
讲述第三纪第四纪
掩埋的秘密

情　话

我把月亮运走
用熙熙攘攘的火车驮运
月光们挤在行李箱中交谈
每一句话都吐着乡音

一些月亮爬上黄果树瀑布
仙子们用天眼穿梭人间
思念从银河喷涌
碎落心中

一些月亮停在鸟巢
线装的人们捧着桂花酒
酒精被漂泊的故乡
人间蒸发

我把月亮藏进天山
风把它盘得通体透亮
夜已至三更
我竖起耳朵
偷听　葡萄藤的情话

今 夜

今夜　让月光先走
它踩着我的影子
我提着它的手柄

月光把版图的六分之一
镀上银
马背汉子的肋挎直刀
冷锋逼人

河西走廊的蹄印
被风沙掳平
胡笳在玉门关外饮血

一截干打垒的院墙
拴住汗雪宝马的缰绳
芨芨草们蠢蠢欲动，准备劫城

今夜　戈壁滩上刀光剑影
亲爱的
你能否让我做一回
王的女人

结　局

这条路有多长心可以丈量

长长的路上爬满思念

柔软的心藏在茂密的夏窝子里

等一只公羊来唤醒

我把那匹枣红马

拴在将军府的门墩上

写一个故事的开头

却没有人作序

赛里木湖流出琥珀的眼泪

薰衣草用紫色的外衣漂染天际

你站在高高的果子沟大桥上挥手

发誓从此不再

做流浪的养蜂女

可可托海的故事有了新剧情

伊犁河水搁浅的苇船

要为天山写一部长篇

剧情里有你　想要的结局

潮　涌

雨来了
在"五二〇"的前夜
雷声搭载着火箭筒赶路
树影儿婆娑
一根电线
试探性地敲我的窗户

白云机场的幕布
被雨撕了个窟窿
理想被生活浸泡着
无处堆放的灵魂
在午夜里奔波

戈壁滩上的草儿
如何能锁住水分子的手
当我想你的时候
夜
如潮涌

体　温

"五二〇"
一个虚拟的情人节
亢奋长出骨刺
金钱略显苍白

爱与被爱互相挑拣着
它们是时光碾碎的衣
毛发与体肤彼此装台
得道多助，失道寡助

因此　这一生
和谁度过
很重要

呼啦啦掠过草原的大风
高跟鞋午夜敲出的寂寞
月亮剪断了舌头
一束玫瑰
在黑夜里张开喉咙

我选一曲《我的太阳》给你

《可可托海的牧羊人》太煽情

一些别离不必用向日葵打开

当我伸出了一只手

风　锁住了体温

我的心

辛丑年正月初三
太阳还没有从被窝中睁开眼睛
我的心擦着地皮驰过城市上空
惊醒了云端的曙光

大雪覆盖的戈壁
芦苇隔着排碱渠找寻爱情
后备厢里颤巍巍的年货
穿透棉秆们热切的眼神
一只羊的经过
土地们不再寂寞

我揣着整座戈壁去找你
北山羊、野骆驼、红狐以及雉鸡
戈壁石下立着的胡杨和松柏
霸王龙的骨骼以及座头鲸的脂肪
田野里的风
扯着我未吹凉的余温

我牵着马，驮着毡房去找你

奶茶在火炉上吹口哨

牧羊犬半眯着眼睛晒太阳

一只红隼从天空俯冲而下

田鼠惊慌失措的小表情

多么像赶夜路的，我的心

指　缝

高楼穿透蔚蓝
风戳破原野
白雪落满河床
春野性十足

一只鸟儿划过蓝天
阳光刺穿你我
葡萄藤拥挤着
盖茅草的屋顶搭着暖色

树枝把体温调高了好几度
你站在芦苇身后，颜色渐淡
我攥紧一把雪递给你
风，凿透手指

第四辑

时间的秘密

涅 槃

凌晨三点钟，鸟儿们依然在歌唱
歌声时而高亢，时而忧伤
被唤醒的身体，仿佛
重新打开黎明

索性推开窗户，将声音让进来
看它们是单声还是和声
是否戴着金冠，穿着华丽的衣裳

让心睁开眼睛
让羽毛住进来，自由地飞翔
让雨水和阳光也住进来
掩埋掉病躯与弹痕

站在高高的树顶
看来往的行人寻找道路
在岔路口停留，在阔路上奔跑
行至悬崖时，打捞无处安葬的魂灵

找一条从月亮里伸出的藤条

向上攀爬

在暗夜里燃烧骨粉

鸟儿的音色，涅槃出天体

秋

我听到，风在翻动麦秆
阳光把蔚蓝沥干后挂在天上
苍耳的骨骼在奔跑
蓬蓬草挤出一道道皱纹

一枚落叶翻转着过了马路
月亮，停在远处的沙梁上不动
沙子相互撞击，自己挪动自己

草尖已失去锐气。影子
在树荫下透出深深凉意
风入发丝
我怎么也理不出那根白发
它在嘲笑一位中年人窘迫的模样

裂 变

时节已过清明
土层却好似刚刚迎来春分
天空中流淌着海洋
土地在干渴中皴裂

邻居为争一只青花瓷瓶开战
鬼怪们乘着春风升天
千万人的城市
在开锁与闭锁之间皴裂

春天突然缺了气血
阳光将身体一分为二
一半与天体私奔
一半埋进沙土，等种子破壳

春　天

温柔如雪的眼神
被蜜蜂蜇了一下

风抱着云朵走来，又将它
抱走。春风让田野备感羞涩

杏花和桃花，与誓言无关
抬头，似有两行热泪划过天空

鸟群开始鼓噪
为一只雌鸟争夺领空

所有事物开始萌发
顶开地球脆弱的甲壳

戈壁上，一座皴裂的村庄收留我
我裹了裹，被风侵入的战袍

冬日帖

漫天大雪，是远道而来的亲人
一只狗卧在门口，看散落的牛羊咀嚼剩下的光阴

马蹄留在雪上
草木上的风霜，苍如白发

晾肉的架子，立在院中
刚上架的鲜肉，在雪中冒着热气

一路的灯笼，鼓荡着喜气
一张张剪纸的笑脸从背后闪出

炉火已经够旺。一杯下肚
春天的烈性，至少提升十度

雪

一

雪从前半夜登场
缠缠绵绵
以至于窗帘都无法阻隔它的芳华

雪花在黑夜中涌动
像萤火虫划过夜空的波点
所有的草木都停止了呼吸
羽翼之下　　停摆着家园

早起的鸟儿开始巡逻
它们在空中盘旋着不忍落下
一只偷了腥的猫从屋檐下闪过
惊落了半盏月光

我也准备在黎明前起身
东吴的江上没有燃烽火
出门时
我把自己装扮成小乔

二

雪在大雪节后两天赶来
它们走得奔放而狂野
心急如焚地扑向大地
毫不掩饰少女娇羞的表情

走在雪中
我能看到从身体里挪出来的前半生
它们谨慎地排列组合
很多年都未改变队形

雪覆盖着昨夜两头牛的温情
它们看起来有些疲倦
一场旷日持久的大雪
翻新了草的爱情

落　日

骆驼将地平线卷进嘴里

它眼中的戈壁

是芨芨草在风中的窃窃私语

被夕阳绊倒的牧羊犬

用尴尬的表情

领回队形走歪了的羊群

村口的柳枝眼巴巴地望

刚刚卸下来的日子

连同悬在半空中的身子一起卸下

炊烟从云上滑倒

赶在大地沉睡之前

亲了亲

镶满钻石的星星

鸟　巢

小鹰说：

妈妈，我不想打开翅膀

外面的房子太贵

花那么多钱，没有意义

你和我爸就我这一个孩子

将来指着我养老，外面太远了，不方便

老鹰说：

孩子，你先飞到外面去看看

累了，就回来呗

天真的小鹰点点头

一天，两天

小鹰终于在钢筋筑成的鸟巢旁安了家

一年，两年

老鹰唯一的愿望

就是用羽毛给鸟巢打蜡

一个冬日的早晨

鸟巢终于被挂在十七栋楼房中间

羽毛也不胜严寒，像柿饼，晾晒在树尖

小鹰每年都返巢

它总是在土地里刨

寻找树叶腐烂的味道

白　露

阳光依然暖着，树上的叶子
踮着脚往天空爬
同时又抖落一些忧伤

远处的树叶扑簌簌往下落
它们在眼睛里融化又结冰
日子在旷野里支棱，由绿变黄

一只伯劳鸟捡回了谷粒
它储藏好果实，等那只
不着华丽羽毛的雌鸟入巢

檐下的燕子打点好行装
雏燕的羽毛刚刚丰满
它舍不得屋檐，也舍不得那只肥硕的大鹅

倚着窗的花瓶空着
内心和外表一样空
今夜凝露至，能否浸润，瓶中枯萎的花朵

中秋夜

月亮从云端下来
它偷尝了一口，我斟在杯子里的酒

屋子里的方桌空着
我摆上三双筷子，三套碗碟

新酿的葡萄酒刚刚启封
味道，远不及伊力特甘醇

墙上的美人从油画中走出
细碎的莲花步，比嫦娥还婀娜

亲人隔着屏幕，喂了我一口月饼
芝麻，核桃，裹挟着壶口的瀑布，从我眼中涌出

春　分

春天，慢一点，再慢一点
我用一个对时，叠加另一个对时

一首关于春天的诗，还未来得及构思
存在心里的酒，也没有酿成

阳光把我，挪了十二分之一，又挪了十二分之一
它们总是取笑我，和影子比长短

想跟你说的话
一半噎在心里，一半被剜出心尖

压在骨子里的雷声，终于嘶吼
大雨滂沱，哭了整整一夜

惊　蛰

与影子一起回家
月亮搂着我瘦弱的肩膀
城市的灯光有些碍眼
从身边掠过时，它拖着小小的尾巴

黑夜被封存得太久
它在等春风提前支取
未鼓起勇气的芽苞
蜷缩在身体里，等春雷唤醒

神仙们准备昨夜起程
我的玫瑰在后半夜盛开
前方有长长的酒巷
一条龙从酒窖里腾出

它用一盅酒，偷换了
我的后半生

硝　烟

卷起刀刃，语言显得有些多余
心里磨出的血泡、子弹和风一起射向人心

风站起来，人就弯下
导弹，穿透地壳的秘密

大树和草根都被蚂蚁啃食
啃完大片的月光后围剿，没有倒下的羊群

一些人的骨头在冬季里苏醒
它们尚存一星磷火，等待春天

冬日的阳光，已消耗殆尽
枪械射击后的残留物，蒙住
世间所有睁着的眼睛

灯　笼

有时，你站在城墙
看中轴线上走远的众生

有时，又立在琉璃旁
看世事变迁，人间沧桑

更多时候，你染指人间烟火
掂量光的深浅，情的轻重

点亮内心辐射的年轮
为夜归人指路

春天，草木再次欣荣
我拧出，灯笼饱满的颜色

那一点红，才是我
在世间长明的愿景

送 瀑

越过一整片戈壁，我来看你
喝掉一壶老酒后，山河醉在你怀中

站在风中的老榆树，曾经也青春洋溢
激扬的长发，散出暴风雪

阳光安装了消音器，我能听到
你体内的浪涛

腊月，一场浩大的眼泪，从高处坠落
我与你一起，沉入海底

小　年

北方的小年，是腊月二十三的饺子
从异乡腾云驾雾地往家赶

南方的小年，比北方晚一步进家
它捏着柔绵软糯的心，让南北团圆

女儿过年留在了婆家
娘家灶王爷的胸口冰冰凉

送别友人一家三口的背影
王爸爸的眼睛里，长出空空的戈壁

大　寒

母亲在大寒的前夜生了我
迈过鬼门关时，她如何
扛过这世间最大的寒冷

多年以后，我做了母亲
才明白柔弱的肩膀
可以在冬天扛冰

三更时分点亮的人生
有舞剑的项庄，执扇的公子
都不及岁月的玉佩碎得彻底

爱和恨，封存在一块石头里
只要忍住这隆冬的极限
春天就不远了

味　道

过了腊月，年味就浓了
黑夜开始不那么黑
眼睛里藏着点点火
脚步垂涎那一步抵达的夜路

门口的灯笼照亮台阶
小狗还原儿时的乡音
房间里的桌椅开始走动
钟表，像盯着季节的眼睛

菜陆续上桌
酒已经打开
一想起家和家里的人
这个冬天，就空了

小 寒

你走后，天空就开始下雪
屋子里的灯不肯走
酒味也不肯走，没有来得及合拢的嘴，咽了口唾沫

杯子里的茶醉着
燃烧了一半的烟也醉着
我醉眼蒙眬的脊背，抚摸着发梢

说好了，今天不走
你要把体温保存到大寒后
雪花一片一片向我袭来
它一口一口地，啃噬我的骨头

新 年

我把祝福续写了一半
诗行，被一个标点中途搁浅
金木水火土混搭的日子
心愿，在炉膛里醒着

往家赶的时候，烟囱站得笔直
院子里的积雪不肯提前入眠
它们用你的名字，点灯

一根划着了的火柴，剜了我一口
说不出口的词语，在午夜里跳探戈

换届的钟声还未敲响
你的门铃破壁而出
它们用汝窑的白釉，拎了拎壬寅年的耳朵

冬　至

冬至没有等到雪
等你的夜却更加漫长
寒气挂在窗外光秃秃的树上
它在等春的消息

母亲前两天就包好了饺子
她在等我们回去
讲张仲景儿时的故事

儿子隔着屏幕煮饺子
水汽在镜头前赖着不走
我的心，在锅里翻腾

祝福与问候，从朋友圈朝我涌来
来不及蘸醋
我的冬至，被一口烈酒噎住

立　秋

立秋，时光遁入空门
规矩截留了日子
夏与秋的轮回处
我找不到自己的灵魂

草在雨季来临前掩埋了爱情
它们枯黄的模样漫过那拉提
羊群懒散地转场
我的马鞍上驮着
昨夜赶制的嫁妆

一些松果与石榴云合著出书
它们其实没必要如此虔诚
每一拨路过山梁的人群
读山的眼神　一样空洞

我开始怀念五月与六月
被忙碌挤占的身体
佛祖说
六道轮回之后可以选喜欢的人生

我抖了抖身上的阳光

一片红树叶砸中我

夏　至

夏至极限
树张着嘴呼吸
一枚早熟的杏从树梢跃下
它在试探我的底线

苹果树们挨得太紧
它们吵嚷着等园丁调配座位
阳光走到树顶又折回
它的旅程没有标注夏至

墙角的二八自行车褪了漆
它和汽车一样
坚持原则
决不走回头路

我们在葡萄架下干坐着
一句话也没有说

风轻轻地揪我耳朵
我听不见你以外的任何响动

想要开口

夜

剪短了舌头

立 夏

阳光说：夏开始啦
传递消息时它上气不接下气
沙尘和风扯着它的裤腿
它跑得缠绵又艰难

春把院子里的花葬了一地
香气洒落在草尖上
刚出生的小德牧试了试牙口
我以为它喜欢吃花

房间里有些空
一架钢琴闲散地蹭地脚线
梳了头的阿妹趴在窗台上
那个穿棒球衫的少年
怎么还不路过

春　分

蓝天里的戈壁

足以让风，穿透阳光撕裂的胸口

抵达你半扇衣襟的温柔

蓝天里的戈壁

让守疆土的人踏实地活

让盐碱地侵蚀出胡杨树的高度

蓝天里的戈壁

让芦苇洇出绿地，太阳吐出火的秘密

沙石下谋划的暴动

止于半个沙丘，分出冬夏

酣　睡

春天，等一场雪

像等一隅江南水乡

等一位温婉的女子

撩起秀发时

湿漉漉的表情

雪在草的睡眠中起夜

踮着脚，悄没声息

没有西伯利亚的冷风助威

它们走得不够狂野

春把憋了一冬的怨气

发泄在一只家猫的身上

它的伴侣在柳树下等它

春却在雪的臂弯里，酣睡

夜 归

雪落在雪地上
像雨落在海上
春落在绿野上
光落在光阴上
影落在眼眸上

苗落在森林上
草落在草原上
羊落在毡房上
鸟落在日暮上
香落在口唇上

今夜我推开篱笆
门外大雪扑面
你深一脚浅一脚地赶来
惊蛰在前
春分在后

女神节

裹着小脚的奶奶不过女神节
在厨房里忙活的母亲也不过女神节
玫瑰花与百合花
将一个广为人知的节日架空

纯洁、善良的尊称
女娲没有占用，观音也没有占用
和平年代的女人用性别优中取胜

有人用包着发丝的头巾
有人用裹住躯体的长袍
有人用地下防空洞的霉菌
发酵子弹的眼泪

我坐在出租车里
怀抱快递送来的大捧玫瑰
一颗忐忑的心
在三月的利刃上，颤抖